GALATEIA

MADELINE MILLER

GALATEIA

UM CONTO

TRADUÇÃO
FERNANDA COSENZA

Copyright © Madeline Miller, 2013
Copyright © Posfácio de Madeline Miller, 2022
Publicado originalmente como e-book em 2013 pela Ecco Books
Primeira edição de capa dura publicada no Reino Unido em 2022 pela Bloomsbury Publishing
Ovídio. *Metamorfoses*. Tradução de Domingos Lucas Dias. São Paulo: Editora 34, 2017.
Copyright © Editora Planeta do Brasil, 2022
Copyright da tradução © Fernanda Cosenza
Todos os direitos reservados.
Título original: *Galatea*

Preparação: Mateus Duque Erthal
Revisão: Maitê Zickuhr e Fernanda Guerriero Antunes
Projeto gráfico original e capa: Red Cape Production
Adaptação de projeto gráfico e de capa: Beatriz Borges
Diagramação: Beatriz Borges
Ilustrações de capa e miolo: Thomke Meyer

DADOS INTERNACIONAIS DE CATALOGAÇÃO NA PUBLICAÇÃO (CIP)
ANGÉLICA ILACQUA CRB-8/7057

Miller, Madeline
  Galateia/ Madeline Miller; tradução de Fernanda Cosenza. - São Paulo: Planeta do Brasil, 2022.
  96 p. il., color.

ISBN 978-65-5535-803-2
Título original: Galatea

1. Ficção norte-americana 2. Mitologia grega 3. Galateia, ninfa do mar (Divindade grega) na literatura I. Título II. Cosenza, Fernanda

22-2881   CDD 813

Índice para catálogo sistemático:
1. Ficção norte-americana

Ao escolher este livro, você está apoiando o manejo responsável das florestas do mundo

2022
Todos os direitos desta edição reservados à
Editora Planeta do Brasil Ltda.
Rua Bela Cintra, 986 – 4º andar
01415-002 – Consolação – São Paulo-SP
www.planetadelivros.com.br
faleconosco@editoraplaneta.com.br

SUMÁRIO

GALATEIA
Madeline Miller

9

PIGMALIÃO
Ovídio

69

POSFÁCIO
Madeline Miller

79

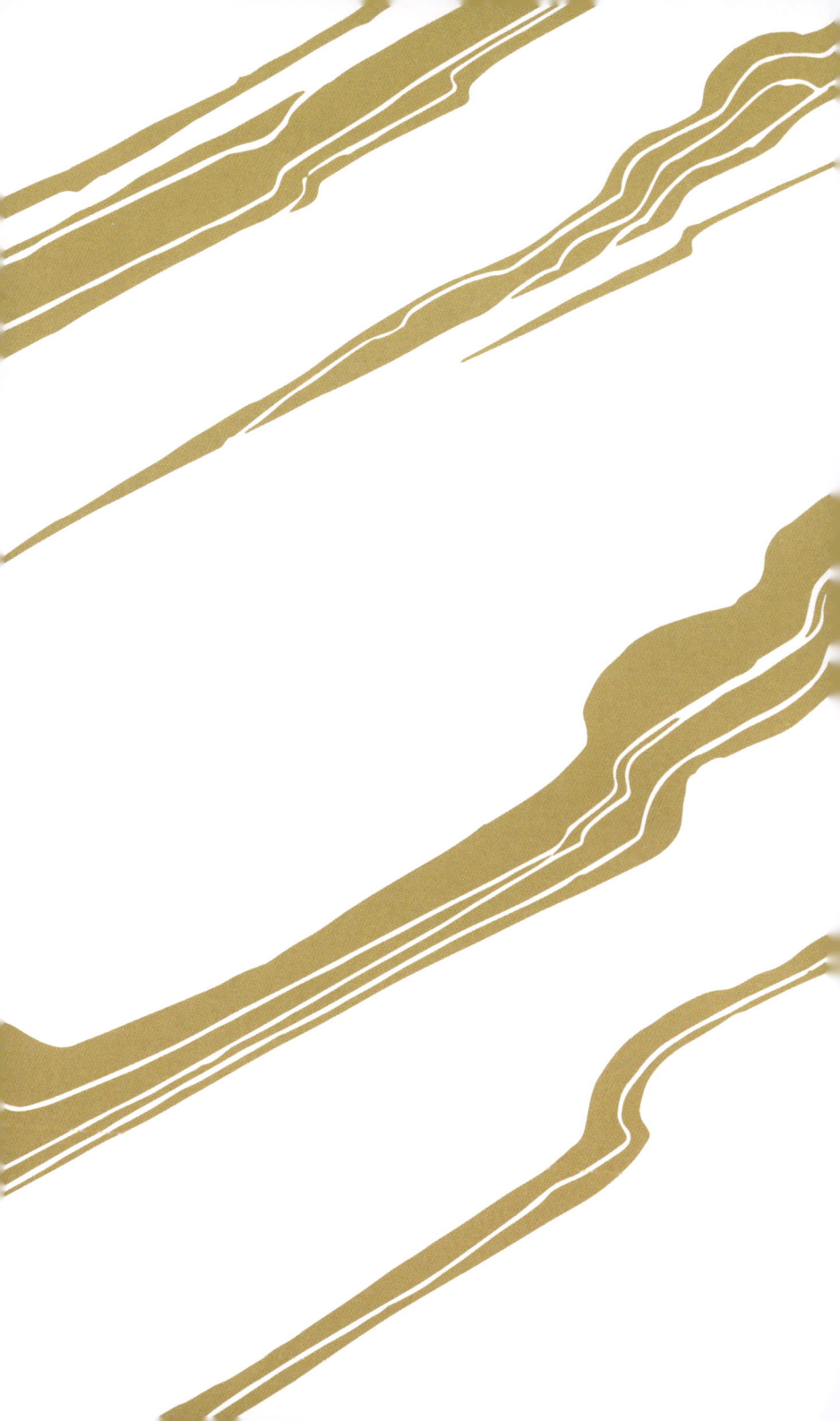

GALATEIA

Madeline Miller

A preocupação que tinham comigo beirava a doçura.

— Você está tão pálida — disse a enfermeira. — Tem que ficar quieta até recuperar a cor.

— Esta é a minha cor de sempre — falei. — Porque eu costumava ser feita de pedra.

A mulher deu um sorriso vago, puxando a coberta para cima. Ela tinha sido alertada pelo meu marido de que eu era fantasiosa, de que a doença me fazia dizer coisas estranhas.

— Pode ficar deitada que eu vou trazer alguma coisa para você comer — disse ela.

A mulher tinha um sinal na pele perto do lábio, e eu gostava de ficar olhando para ele enquanto ela falava. Alguns sinais são lindos e distintivos, como as manchas na pelagem de um cavalo. Mas alguns têm pelos, como pequenos vermes carnudos, e o dela era desse tipo.

— Pode deitar — repetiu ela, já que eu não tinha deitado.

— Sabe o que eu acho que seria bom para a minha cor? Uma caminhada — falei.

— Ah, não — disse ela. — Não até você se recuperar. Está vendo como as suas mãos estão frias?

— Como falei antes, é por causa da pedra — respondi. — Elas não se aquecem sem sol. Você nunca tocou uma estátua?

— Você está fria — repetiu ela. — Trate de ficar deitada e se comportar.

A essa altura ela estava um pouco agitada, porque era a segunda vez que eu mencionava a pedra, e isso significava fofoca para as outras enfermeiras e motivo indiscutível para falar com o médico. Eles estavam trepando, por isso ela estava tão ansiosa. Às vezes eu

conseguia escutar os dois através da parede. Não digo isso de um jeito sórdido, como um recalque por ela ter uma boa foda – se é que era boa, o que eu não saberia afirmar. Digo só para você entender o que eu estava enfrentando: para ela, eu valia mais doente do que bem.

A porta se fechou, e o quarto inchou ao meu redor feito um hematoma. Quando ela estava ali, eu podia fingir que ele parecia pequeno por causa dela, mas, quando ela ia embora, era como se as quatro paredes de madeira avançassem contra mim, como pulmões se enchendo de ar. A janela não ajudava, alta demais para que eu conseguisse vê-la da cama e pequena demais para deixar entrar muito ar. O quarto tinha um cheiro ao mesmo tempo doce e ácido, como se milhares de pessoas suadas tivessem ficado ali deitadas em sofrimento – o que eu suponho que tenha mesmo acontecido – e depois pisoteado rosas no chão com os pés sujos.

O médico veio na sequência, repreendendo-me.

Galateia

— A Chloe disse que você não está querendo ficar deitada e quieta.

— Desculpe — falei.

Ele gostou disso, mas também estava desconfiado, porque fazia um ano que eu vinha me desculpando todos os dias. Eu tentava variar um pouco: olhar para baixo, morder o lábio, entrelaçar os dedos. Uma vez, irrompi em lágrimas, e essa foi a preferida dele. Eu vinha trabalhando na tentativa de desmaio, mas ainda não tinha conseguido dominar a técnica, porque para isso precisava passar muito tempo respirando muito rápido, e eu não sabia com antecedência quando ele ia aparecer. Mas, assim que soubesse, essa seria a nova preferida. E o médico iria contar para o meu marido, que lhe banharia com moedas de ouro, e todo mundo ficaria feliz, menos eu. Embora talvez eu ficasse um pouco feliz, por ter tido a ideia.

— O que você está fazendo? — perguntou ele severo. — É justamente por isso que você está doente.

Eu havia me levantado, sabe, enquanto pensava no desmaio. O quarto ficava ainda menor com o médico ali; ele tinha comido alho nesse dia, e, pelo cheiro, em todos os outros dias da vida dele também, então fui respirar perto da janela.

— Desculpe — falei. — É que eu adoro o cheiro do narciso. — Foi a primeira coisa que me veio à cabeça, mas só fez com que ele franzisse mais a testa, porque não havia narciso nenhum ali, visto que estávamos na beira de um rochedo escarpado de frente para o mar, de modo que, se eu tentasse descer pela janela, não iria escapar, mas morrer. Além do mais, eu nem sabia se narcisos tinham cheiro.

— Pode se deitar agora mesmo — disse ele. Depois que obedeci, ele tomou meu pulso. — Sua pulsação está baixa — completou.

Claro que a minha pulsação está baixa, porque eu costumava ser feita de pedra, mas não falei isso. Só fiz um som, *hmmm*, tentando soar ao mesmo tempo arrependida e interessada. Pensei que, se tivesse começado a respirar rápido no momento em que a enfermeira fechou a porta, esse poderia ter sido o momento do desmaio. Mas eu não tinha feito isso, e agora era tarde demais.

— Acho que eu me sentiria melhor se pudesse dar uma caminhada — falei.

— Você está fraca demais — disse o médico.

— O que eu vou dizer para o seu marido se você se machucar?

— Eu costumava ser feita de pedra — falei. — Uma caminhada não vai me machucar.

— Já chega — disse ele, naquela voz que significava que ia mandar vir o chá. O chá é o que eles me dão quando eu não fico deitada, e eu odeio, porque eles ficam sentados do meu lado até eu beber tudo, e depois a cabeça lateja e a língua dói e eu mijo na cama.

Eu me deitei.

— Você tem razão, assim é melhor — disse. — Hmmm, isso é bom. — Fiquei observando-o por entre os cílios. Ele estava desconfiado, então me aconcheguei um pouco mais. — Você tem razão, eu não tinha me dado conta de que estava tão cansada. — Esperei que isso fosse o suficiente para me salvar do chá.

— Trate de ficar aí — disse ele. — Seu marido vem visitá-la hoje.

E eu pensei: *devia ter economizado a parte de me aconchegar*, porque eles não me dão o chá quando meu marido vem. Ele odeia o cheiro do mijo e gosta que eu seja capaz de usar a língua.

Deitei e me ajeitei do jeito certo. É fácil, porque já tenho muita prática, mas também porque acho que há alguma parte de mim, a parte de pedra, que se lembra e fica feliz de se acomodar nas linhas antigas. A única dificuldade são os dedos, aos quais meu marido gosta de dizer que dedicou um ano, fazendo com que parecessem reais em vez de inertes e frouxos, como seriam os de um escultor preguiçoso. Por isso preciso me concentrar e mantê-los bem do jeito que ele gosta, para não estragar tudo.

O tempo passou, eu não sabia dizer quanto. Então ouvi através da porta o tilintar de moedas e as exclamações das enfermeiras.

Galateia

Meu marido é bastante rico agora, e tem o suficiente para pagar mil outros médicos que vão todos me mandar ficar deitada. Ele é rico por minha causa, se você quer saber, mas não gosta quando eu falo isso. Diz que foi dom da deusa em primeiro lugar, e dele próprio em segundo, visto que foi ele quem me fez a partir do marfim. Depois que nasci — e talvez essa não seja a palavra certa, mas, se não essa, também não sei qual... *Acordei*? *Eclodi*? Não, ficou pior. Não sou um ovo.

Vou ficar com *nasci*. Depois que nasci, ele tentou me manter reclusa o máximo que pôde, mas havia criados, e as pessoas começaram a comentar sobre a mulher do escultor e como ela era estranha, e como uma beleza daquelas só podia ter vindo dos deuses. Algumas pessoas acreditavam nisso, outras não, mas de repente todo mundo queria uma estátua dele. Então ele talhou uma donzela após a outra, e eu perguntei: "Você acha que alguma delas vai ganhar vida?". E ele disse: "Claro que não, essa gente não é digna das graças da deusa".

Galateia

E ele me contou mais uma vez como havia cuidado bem de mim, me vestido com sedas, me coberto com flores e joias, me trazido conchas do mar e bolas coloridas, e rezado para a deusa todas as noites. "Não teria sido mais fácil se casar com uma moça da cidade?", perguntei. "Uma daquelas putas?", disse ele. "Eu não ia tolerar."

A porta se abriu.

— Saiam e não nos incomodem — disse meu marido para as acompanhantes, o que era desnecessário, pois em um ano nunca haviam nos incomodado. Mas meu marido se acha um figurão hoje em dia.

Fez-se um silêncio enquanto ele olhava para mim, conferindo meus dedos e todo o resto. Não abri os olhos, porque meu trabalho era ficar deitada na cama sem me mover para que ele pudesse murmurar: "Oh, minha bela está adormecida". Algumas vezes no passado, eu deixara escapar um ronquinho nesse momento, só pela verossimilhança. Mas ele não gostava nem um pouco disso.

— Está dormindo? — disse ele. Entrou no quarto. — Sou um tolo por dizer isso. Ela é de mármore e nada mais. — Ele se ajoelhou ao lado da cama e ergueu as mãos. — Ó, deusa! Por que não consigo encontrar uma donzela como esta para desposar? Por que tamanha perfeição deve ser de mármore, e não de carne? Se ao menos ela pudesse... — Ele cobria os olhos abruptamente. — Não, não sou capaz de dizer.

Pensei em fazer um barulhinho de ronco bem nessa hora, mas teria sido ainda pior do que das outras vezes.

— Não ouso enunciar meu desejo. Mas ó, grande deusa, você conhece os segredos do meu coração. Eu lhe imploro, liberte-me deste tormento.

A cabeça dele tombou no catre, e eu abri os olhos, porque ele não conseguia me ver enquanto chafurdava nas cobertas. O cabelo dele estava rareando, e contei os pontos carecas no couro cabeludo. Três, como sempre.

Fechei os olhos bem na hora. Ele levantou a cabeça e disse:

— Não, não pode ser. Tenho de me conformar. — Mas sua mão havia pousado convenientemente em meu antebraço, que ele pressionou de leve em meio à agonia.

— O que é isto? — Ele encarava meu braço. — Como pode ser? Eu poderia jurar que ela está quente.

Mais quente que pedra comum, pelo menos.

Ele balançou a cabeça, como se para clarear as ideias.

— Não, eu estou imaginando coisas. Ou quem sabe não foi o sol que pousou sobre ela e aqueceu o mármore?

Não havia sol no quarto, obviamente, mas não era o momento de apontar isso.

— Deusa, não permita que eu esteja louco!

Ele começou a apertar meu quadril e minha barriga, com força, testando minha natureza pétrea. Tenho orgulho de dizer que não estremeci.

— Mesmo assim eu juro, eu juro pela minha vida, que ela está quente. Ó, deusa, se isto é um sonho, que eu continue a dormir. — E então ele

Galateia

pressionou os lábios contra os meus — Viva — disse ele. — Ó, viva, minha vida, meu amor, viva.

E é quando eu devo abrir os olhos, tal qual uma corça jovem e fresca, para encontrá-lo inclinado sobre mim feito o sol, e soltar um pequeno arquejo de espanto e gratidão, e aí ele me come.

Depois, fiquei deitada em seu ombro úmido.

— Meu amor, que saudade — falei.

Ele não disse nada, mas dava para sentir sua impaciência. O suor estava secando na testa dele, e as costas estavam encharcadas. Além disso, a trama de junco arranhava por baixo do lençol, e ele estava acostumado a uma cama acolchoada em casa.

— Em que você está trabalhando? — perguntei. Porque é a única coisa sobre a qual sei que ele vai responder.

— Uma estátua — disse ele.

— Ah! — Fechei os olhos. — Gostaria de poder vê-la, querido. De que é?

— Uma garota.

— Ficará linda — falei. — É para um dos homens da cidade?

— Não — disse ele. — Estou farto disso. Essa é para mim.

— Que maravilha — falei. — Espero poder vê-la quando você terminar.

— Talvez — disse ele.

— Vai ficar tão boa — falei.

Ele não disse nada.

— Que idade tem a garota? — perguntei.

— Dez — disse ele.

Eu esperava que ele respondesse "jovem". Certa vez, quando lhe perguntei que idade ele pretendia que eu tivesse, ele disse "virgem".

— Dez — falei. — Não doze, quem sabe?

— Não — disse ele.

— Eu adoro garotas de quinze — falei. — Outro dia a enfermeira trouxe a filha, tão linda. O rosto dela era todo iluminado.

— Quinze não me interessa — disse ele. — Nem a filha da enfermeira.

Galateia

— Claro que não. — Acariciei seu peito com meus dedos perfeitos. Tentei deixar a voz solta e relaxada, como um bocejo. — Como está Pafos, meu amor?

— Bem — disse ele. Só essa palavra feia e vazia.

— Ela está feliz?

— Como poderia estar, depois do que a mãe fez?

Eu estava preparada para isso e direcionei as lágrimas para o peito dele.

— Eu sinto muitíssimo, meu querido. Queria poder me redimir com ela.

Ele me afastou e se sentou.

— Você se rebaixa por ela, mas não por mim.

Tive vontade de dizer: *E o que você acha que eu venho fazendo?* Mas claro que meu marido não iria gostar disso. Ele é um homem que gosta de superfícies brancas e lisas. Ajoelhei no chão, com as mãos pressionadas contra os seios.

— Meu amor, não há nada que eu queira mais no mundo do que voltar para casa com você. Hoje mesmo desejei ter algo seu para me consolar. Uma pintura, quem sabe. Um retrato seu.

Isso o surpreendeu.

— Uma pintura — disse ele. — Não uma estátua.

— Ah, meu querido, uma estátua seria muito sofrimento para mim — falei. — A semelhança seria demais para aguentar.

— Hmmm — disse ele.

Deixei as mãos caírem um pouco para que ele pudesse ver meus seios melhor. Eram belíssimos, ele fizera questão disso.

— Você não sente a minha falta? Nem um pouco?

— Se eu sinto, a culpa é toda sua.

— É sim, eu sei, eu sei que é. Eu sinto muito, querido. Fui tão tola, nem sei onde estava com a cabeça.

— Tola — disse ele. Estava olhando para os meus seios outra vez.

— Sim, uma grande tola. Uma tola ingrata.

— Você não devia ter fugido — disse ele.

— Eu nunca mais vou fugir, juro pela minha vida. Mal posso suportar quando você vai embora. Vivo cada dia ansiando pela sua vinda. Você é meu marido e pai.

— E mãe — disse ele.
— Sim, e mãe. E irmão também. E amante. Tudo isso.
— Está falando essas coisas só porque quer ver Pafos — disse ele.
— Claro que eu quero vê-la. Que tipo de mãe eu seria se não quisesse? Fria e desavergonhada. Não foi assim que você e a deusa me fizeram.
Minha respiração estava pesada, mas eu tentava fingir que não. O piso machucava meus joelhos, mas não me mexi.
— Desavergonhada — disse ele.
— Desavergonhada — repeti.
Senti o olhar dele sobre mim, admirando o próprio trabalho. Ele não havia me talhado daquele jeito, mas estava se imaginando fazendo isso. Uma bela estátua, intitulada *A Suplicante*. Ele poderia ter me vendido e vivido como um rei árabe.
Ele franziu o cenho e apontou.
— O que é isso?
Olhei para a minha barriga e vi as fracas linhas acinzentadas na pele, onde a luz incidia.

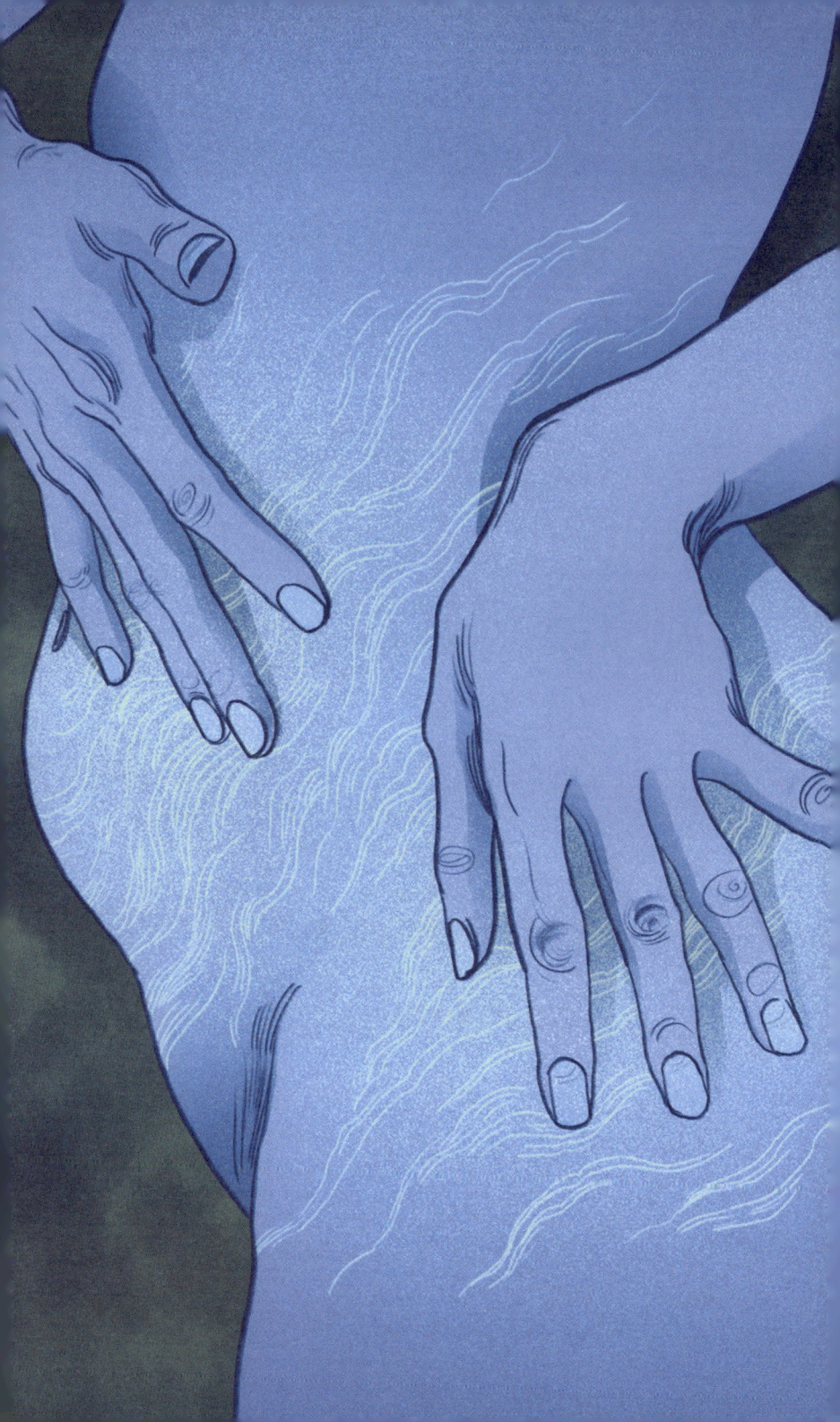

Galateia

— Meu amor, são as marcas da nossa filha. Onde a barriga esticou.

Ele ficou encarando.

— Há quanto tempo estão aí?

— Desde que ela nasceu. — Já fazia dez anos.

— São feias — disse ele.

— Sinto muito, meu amor. É assim com todas as mulheres.

— Se você fosse de pedra, eu as consertaria com o cinzel — disse ele. Então se virou e saiu, e pouco depois o médico veio com o chá.

O ponto é: eu não acho que meu marido esperava que eu fosse capaz de falar. Não o culpo por isso especificamente, visto que ele só me conhecia como estátua, pura, bela, submissa à sua arte. Naturalmente, quando desejou que eu vivesse, ainda queria que eu permanecesse igual, apenas quente, para que pudesse me comer. Mas parece ingenuidade ele não ter pensado melhor no assunto, em como eu não poderia ao mesmo tempo ganhar vida e continuar sendo uma estátua. Faz só onze anos que nasci, e até eu sei disso.

    Engravidei daquela primeira vez, logo após o meu nascimento. E embora eu tivesse sido feita de pedra, e embora tivesse sido feita pela deusa, minha gestação foi bastante real, e eu me sentia cansada e enjoada, e meus pés ficaram inchados demais para as delicadas sandálias douradas em que ele gostava de vê-los calçados. Isso o deixou irritado, mas não o impediu de me pressionar contra a cama ou a parede, e eu ficava preocupada porque assim eu não teria um filho, mas uma ninhada inteira, como as gatas de rua.

    Minha filha era bonita e de uma palidez pétrea, nascida durante um verão tão quente e cruel que os bezerros caíam mortos nos campos. Mas eu e ela estávamos sempre perfeitamente frescas, balançando juntas em nossa cadeira. Quando saíamos para caminhar, todos sussurravam, mas ninguém falava conosco, exceto uma vez em que uma

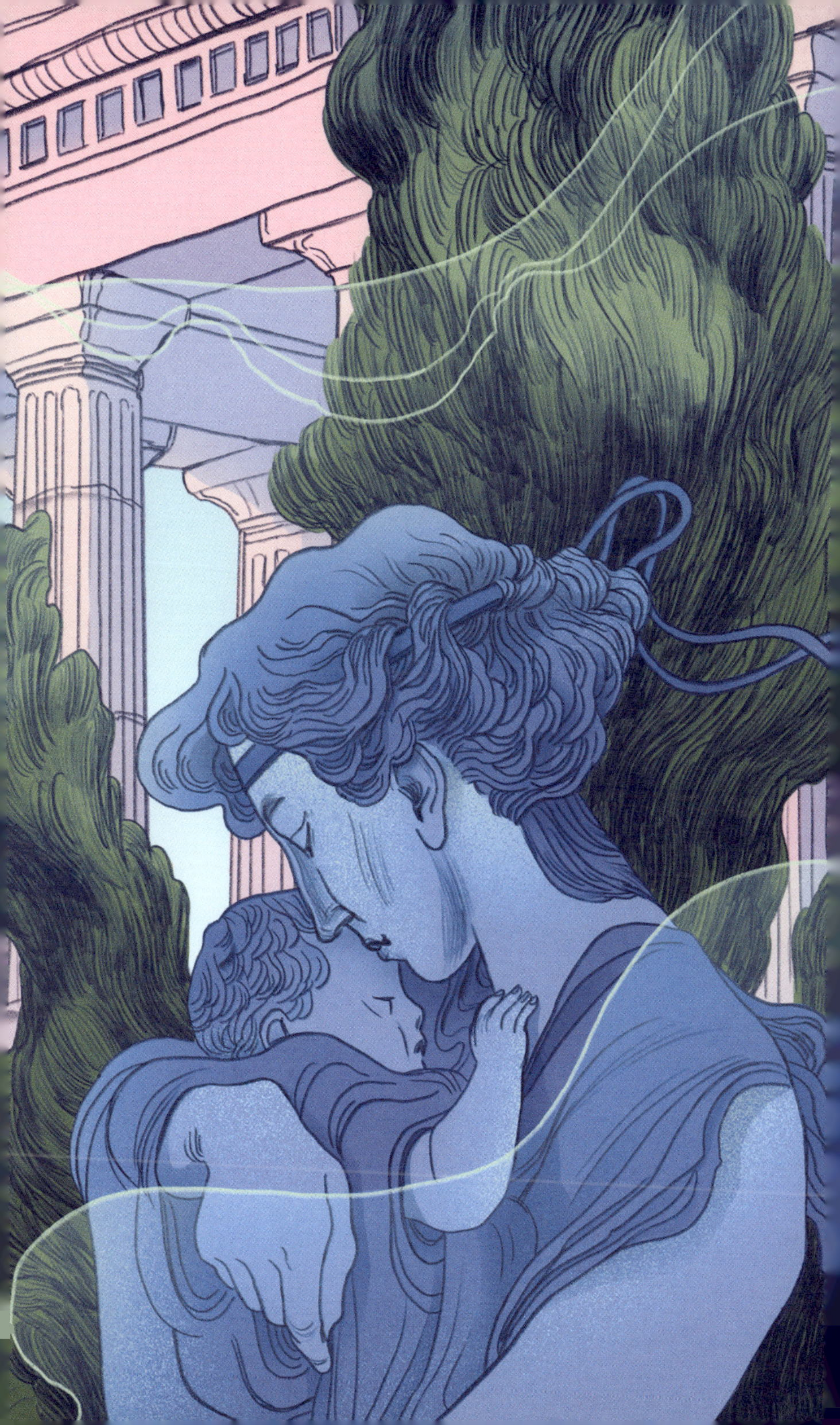

Galateia

velha tocou os pés de Pafos e pediu minha bênção. Murmurei qualquer coisa, e ela tocou meu braço em agradecimento. Seus dedos eram esquisitos, feito gravetos em árvores desfolhadas, mas a pele era muito macia.

Às vezes, quando meu marido estava trabalhando, tínhamos permissão para ir até a encosta. Pafos já era mais velha a essa altura, e fingia ser uma pastora enquanto eu fingia ser sua ovelha. Ela gostava disso. Gostava mais ainda quando eu era uma cabra, pulando descalça de uma pedra para outra, sem me desequilibrar. Quando ela ficou ainda mais velha, insisti em um tutor, embora meu marido achasse que isso iria estragá-la. "Não", eu disse, "ela será útil para o marido, ao contrário de mim." E ele sorriu para mim. "Você é útil o bastante". Mas ele acabou contratando o tutor no fim das contas, porque eu o bajulava toda vez que ele mencionava o assunto.

Lá na campina, Pafos me ensinava. "Olha", ela disse, "você pode usar gravetos para as letras." E eu falei: "Mas algumas são redondas". E ela franziu as sobrancelhas e disse: "Você tem razão, será que a gente não vai até a praia e usa areia?". Foi o que fizemos, e foi melhor do que os gravetos, melhor até do que a tabuleta do tutor, porque o mar apagava tudo para você. Ela era uma menina esperta, muito esperta, e não precisei dizer para não contar ao pai.

À noite, meu marido a mandava para a cama. Ele dizia:

— E você também, mulher, não está com sono?

E eu sabia que estava na hora de me ajeitar na cama para fingirmos mais uma vez que eu estava despertando da pedra para ele.

Quando Pafos tinha oito anos, ele mandou o tutor embora.

— Ele estava olhando para você — foi o que me disse.

Eu estava distraída nesse dia, pensando em Pafos e nas letras, e falei:

— Claro que estava.

Galateia

Todo mundo olhava para mim, porque eu era a mulher mais bonita da cidade. Não digo para me gabar, porque não há motivo nenhum de orgulho nisso. Não foi algo que eu tenha feito.

Meu marido ficou me encarando e disse:
— Você sabia?

Tentei explicar, mas era tarde demais. Não tivemos mais permissão para dar caminhadas, Pafos ganhou uma governanta em vez de um tutor, levaram embora as tabuletas, e meu marido passava os dias emburrado diante do mármore sem trabalhar. À noite, ele se tornou mais agressivo do que antes, e ficava perguntando: "Você seria igual a todas as outras?". E eu sabia o que devia dizer: "Não, não, querido, jamais".

Pafos estava impaciente — ela odiava aquela casa e queria nossas velhas aventuras na campina. Não parava quieta quando o pai queria ficar compenetrado, o que era o tempo todo, e conforme os dias passavam ela

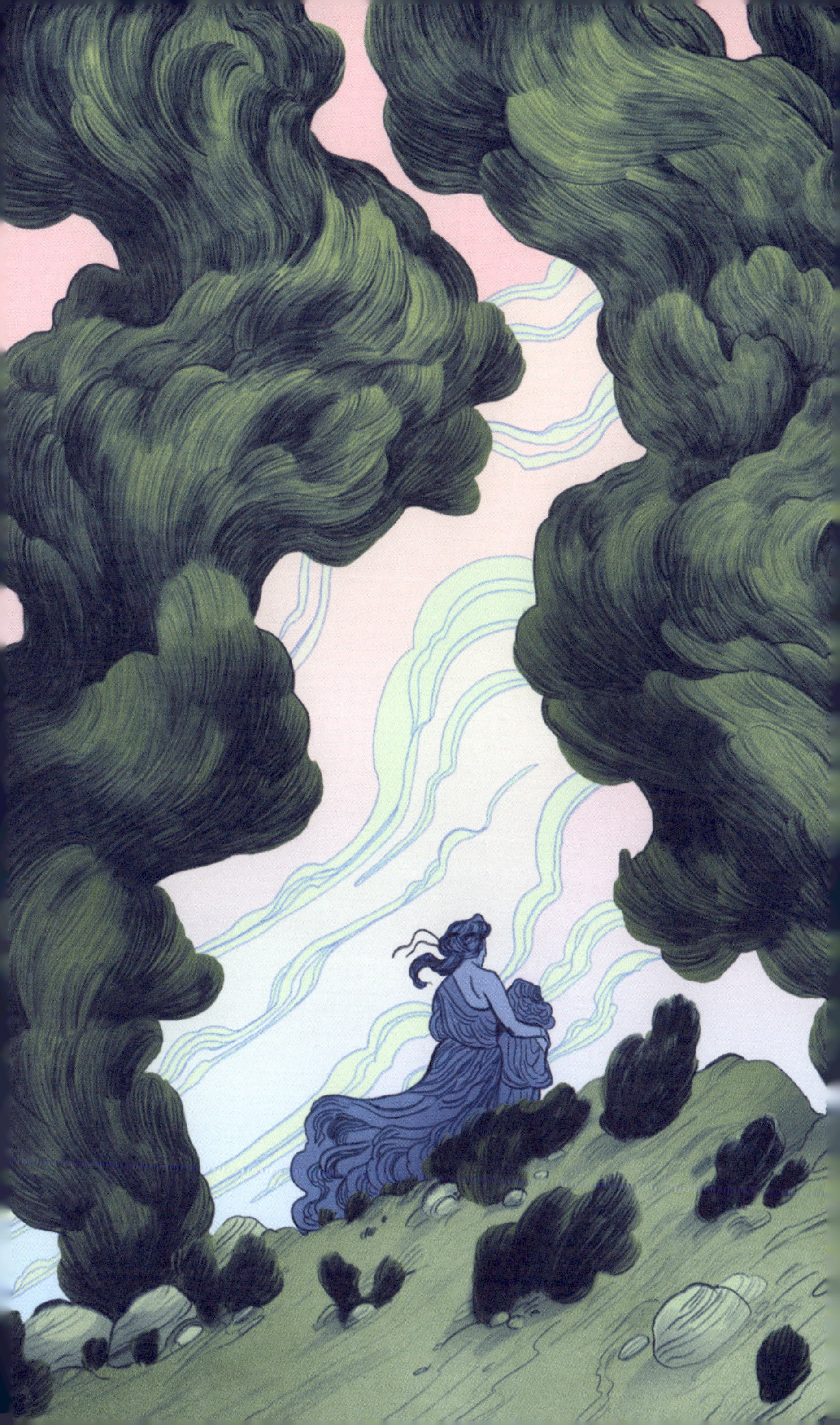

só ficava mais agitada. Levei-a para o nosso quarto, e nós fizemos as letras com os dedos. Ela ria, e eu também, e não nos demos conta de como estávamos gargalhando alto.

Meu marido veio até a porta.

— Estão rindo por quê?

Pafos disse:

— Por que não?

Ela era mais alta que as outras meninas, com membros longos. Não tinha medo dele.

— Desculpe por termos incomodado você, querido — falei.

— Ela não pediu desculpas.

— Ela ainda é uma criancinha — respondi.

— Não sou uma criancinha — disse Pafos.

— Então peça desculpas — disse ele.

— Pobrezinho, você parece faminto — eu disse a ele. — Não comeu? Pafos, meu bem, deixe-me falar com seu pai um instante.

Ela saiu, e eu o vi rangendo os dentes ao ver como ela foi obediente a meu pedido. Ele disse:

— Você a ama mais do que a mim.

Claro que não, claro que não. Minhas mãos deslizavam pelo cabelo dele, longo e oleoso de passar tanto tempo compenetrado.

— É só que ela é esperta demais para aquela governanta — falei. — Está entediada, e eu não tenho nada para ensinar. Ela precisa de um tutor.

— Um tutor — repetiu ele.

E eu disse:

— Sim, outro tutor deixaria tudo melhor, e assim ela não iria mais incomodar você.

Ele ficou em silêncio, e torci para que ele estivesse considerando a ideia, mas, quando olhei para o rosto dele, vi que estava tenso e irritado, como se a pele fosse se rasgar. Ele segurou meu braço e disse:

— Você nunca fica corada.

Eu não conseguia pensar em nada para dizer, de tão forte que ele estava me segurando.

Ele disse:

— Você não fica mais corada, esse é o problema. Você se desculpa, e se desculpa, mas não fica ruborizada. Ficou desavergonhada, agora?

— Não, jamais — falei.

Ele agarrou a gola do meu vestido e deu um puxão, mas não foi tão forte quanto ele pretendia, e a roupa não rasgou. Ele puxou de novo, e de novo, depois me empurrou no chão e me prendeu ali, puxando, até que o tecido cedeu e eu fiquei nua.

Cobri-me com as mãos e fiz barulhinhos suaves como uma criança. *Fique corada, fique corada*, rezei. *Fique corada para ele, ou então ele vai matar você.* E tive sorte, pois o quarto estava quente, e eu estava com raiva, e envergonhada também, com medo de que Pafos estivesse nos escutando, e o sangue me subiu às bochechas e eu corei.

— Pelo visto você não está totalmente perdida para mim — disse ele.

Ele me mandou para a cama e, depois, sob a luz da tocha, ficou se perguntando o que eram aquelas marcas no meu corpo, a vermelhidão em volta do pescoço, os roxos nos braços e no peito onde ele havia me segurado. Esfregou as marcas como se fossem manchas, não hematomas.

—A cor está perfeita — disse ele —, olhe. — E levantou o espelho para que eu pudesse ver.

—Você é a tela mais perfeita, amor.

Eu tinha algum dinheiro, moedas que meu marido deixara cair da bolsa bagunçada, coisas que eu encontrara pela rua. Tinha sapatos roubados da governanta, de couro, não dourados, feitos para percorrer as estradas empoeiradas. Eu tinha uma capa roubada do meu marido. Pafos tinha a dela, porque eu insisti que ela sentia muito frio, embora fosse como eu e nunca sentisse frio nem calor. E eu disse a ela:

—Vamos até a campina?

E ela disse:

—O papai não vai deixar.

E eu respondi:

Galateia

— Eu sei, então não vamos contar para ele.

Não conseguimos ir além da cidade vizinha, porque todos reparavam na gente. Uma mulher e uma menina, pálidas feito leite? Pois é.

A enfermeira me deixou na cama molhada por um bom tempo antes de trazer os lençóis secos. Embolou as fibras de junco do colchão para que me espetassem mais do que nunca e se recusou a me responder, não importava o que eu falasse para ela, mesmo quando eu disse que o sinal que ela tinha perto do lábio era lindo. Eu não estava mentindo. Naquele momento, a pinta parecia ter uma beleza toda própria.

Depois, ela me deu um banho. Não usou uma toalhinha, somente a mão, mergulhada na água. Acho que ela esperava que eu fosse reclamar, mas não reclamei, porque devia ser uma desgraça dar banho nas pessoas se você odiava fazer isso. Em seguida veio o óleo de rosas pelo qual meu marido pagava um extra, que ela aplicou como se estivesse fazendo pão, estapeando a minha pele com as duas mãos. A intenção dela era machucar, mas eu meio que gostei do vigor, do barulho e do modo como a pele ficou rosa.

Quando ela foi embora, limpei no lençol o máximo do óleo de rosas que consegui. O chá já tinha sido eliminado do meu corpo, e minha mente estava limpa. Pensei: *Minha filha tem dez anos. Pafos tem dez anos.*

No dia seguinte, o médico franziu o rosto para mim.

— Está se sentindo mal?

— Não — falei. — Estou muito bem.

Ele estava prestes a dizer: "Então por que está deitada?", mas isso significaria admitir que eu não estava doente para começo de conversa. *Rá*, pensei.

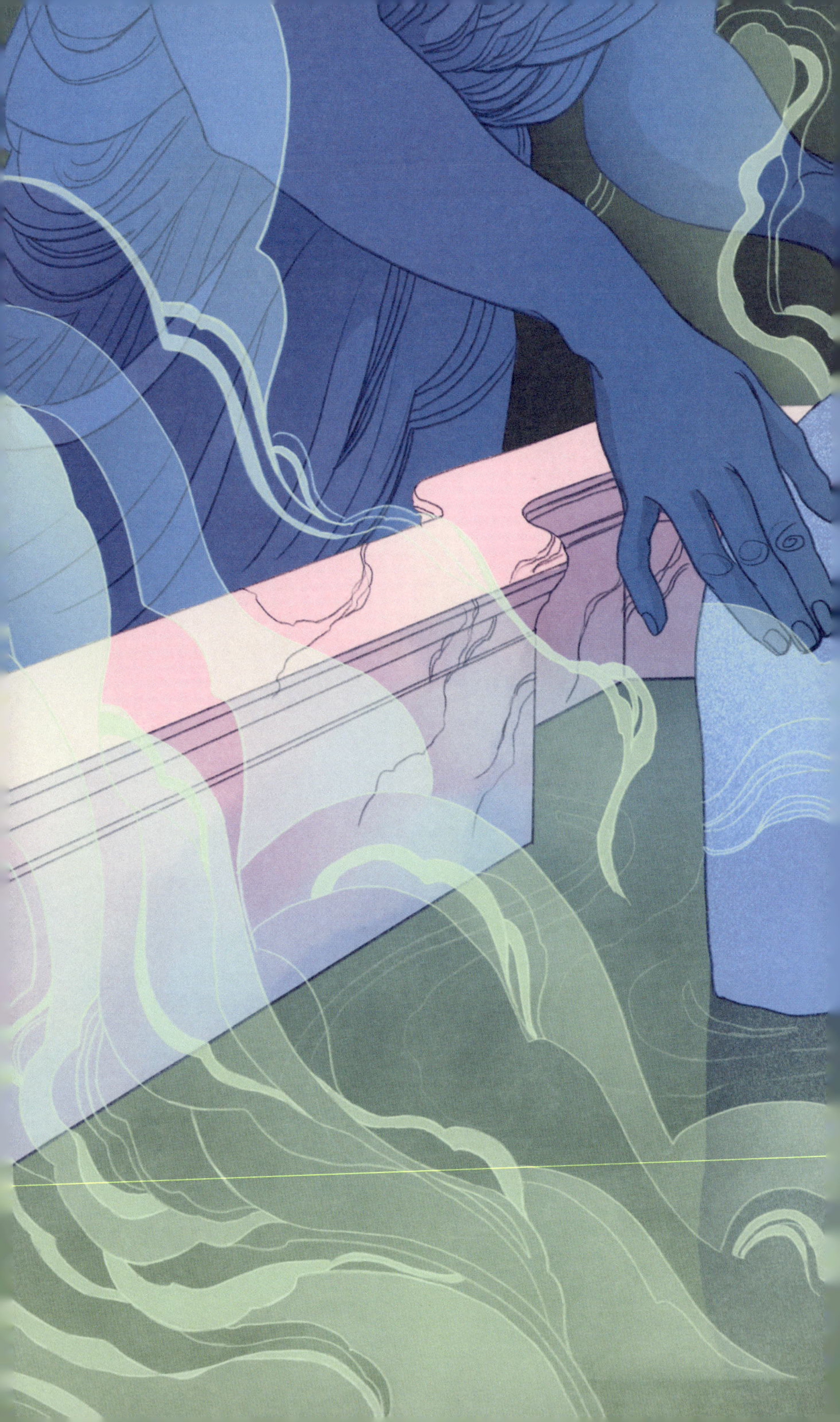

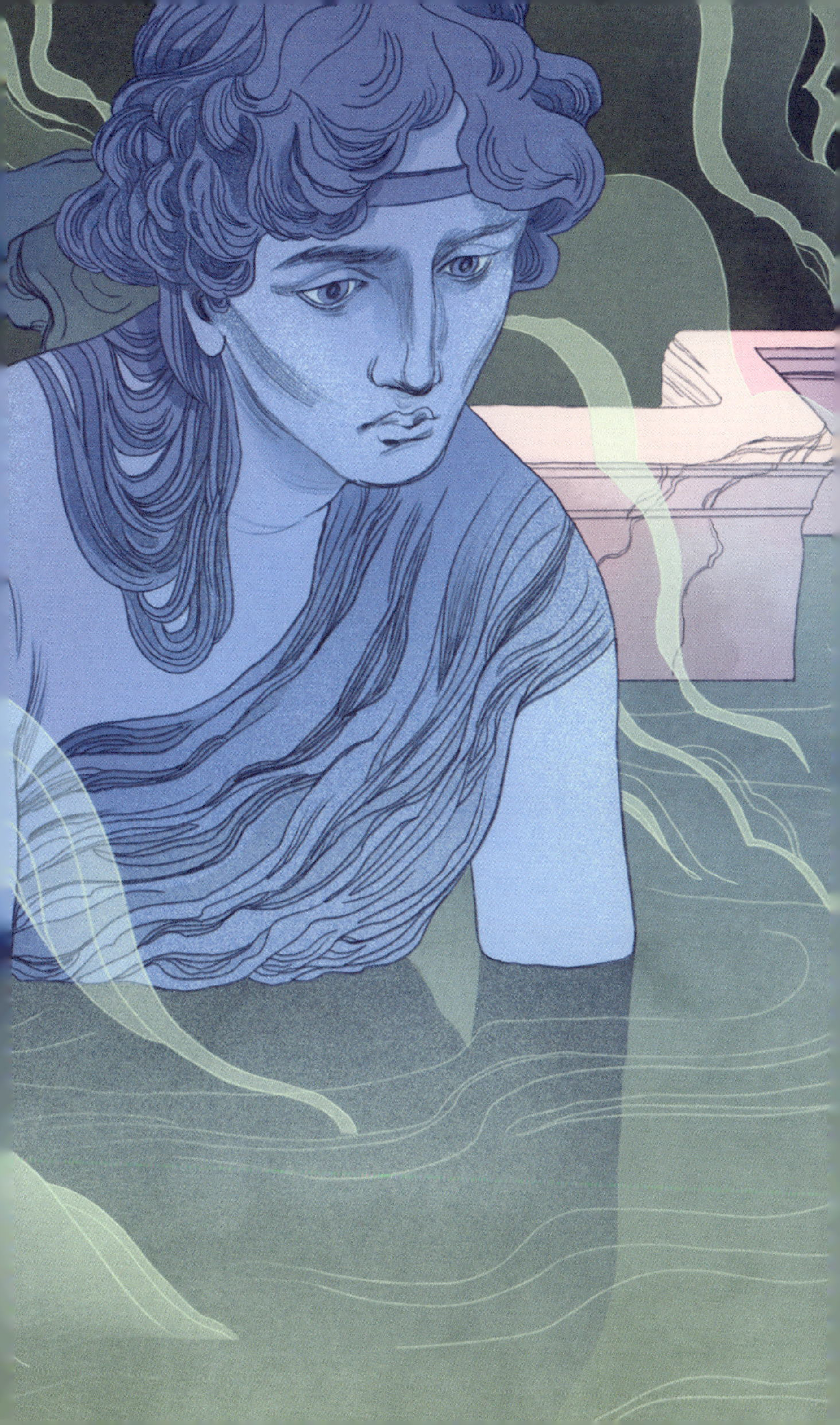

Galateia

— Estou me sentindo tão calma — falei. — Calma e bem.

— Hmmm — disse ele.

— Espero que meu marido venha hoje — falei. — Sinto tanta saudade dele.

— Ele falou que vinha — disse o médico.

— Que maravilha — falei. — Que notícia maravilhosa.

O tilintar chegou tarde, mas eu não estava com pressa. Ajeitei-me do jeito certo. A porta se abriu, e meu marido mandou as enfermeiras embora. Ouvi o barulho do trinco.

— Oh, minha bela está adormecida.

E eu respondi:

— Não, não estou.

Ele falou:

— Para o seu próprio bem, estou dizendo para você deitar, e eu volto dentro de um instante, quando você tiver voltado a si.

— Estou grávida — falei.

Ele ficou me olhando.

— Não é possível. — Porque desde Pafos ele deixava sua semente fora de mim.

— Com os deuses, todas as coisas são possíveis — falei. — Olhe a minha barriga. — Eu tinha forçado um pouco de ar, para que parecesse mais inchada. E, em todo caso, ele não sabia como as mulheres funcionavam. Para ele, se havia alguma coisa, era estranho.

Então ele ficou pálido, quase tanto quanto eu.

— O médico não falou nada.

— Não mostrei para o médico, queria que você fosse o primeiro a saber. Querido, estou tão feliz, vamos ter outro bebê, e depois outro. E depois...

Mas a porta já tinha se fechado. Mais tarde o médico veio, com um outro tipo de chá. Ele disse:

— Você precisa beber isto.

E eu disse:

— Por favor, pode pedir para a enfermeira ficar comigo enquanto eu bebo?

Ele disse que tudo bem, porque viu que do contrário eu ia começar a chorar. Impressionante como era fácil.

A enfermeira veio e eu perguntei:

Galateia

— Vai doer? Estou com medo de que vá doer.

E ela disse:

— Vai doer um pouco, e depois o sangue vai descer.

— Estou com medo — falei, e escondi o rosto no travesseiro.

Um momento se passou, e então senti a mão dela nas minhas costas.

— Você vai ficar bem, disse ela. Eu já fiz, e veja só, estou viva.

— Mas o bebê não — falei.

— Não — disse ela.

Chorei, soluçando violentamente nas almofadas.

— Você tem que beber o chá — disse ela. Mas a voz não estava tão cortante como de costume.

— Se eu pudesse ao menos ir lá fora — falei. — Quero dar o bebê à deusa.

— O médico não permite.

Eu esperei, e esperei, e chorei, e por fim ela disse:

— Mas o médico não está aqui à noite.

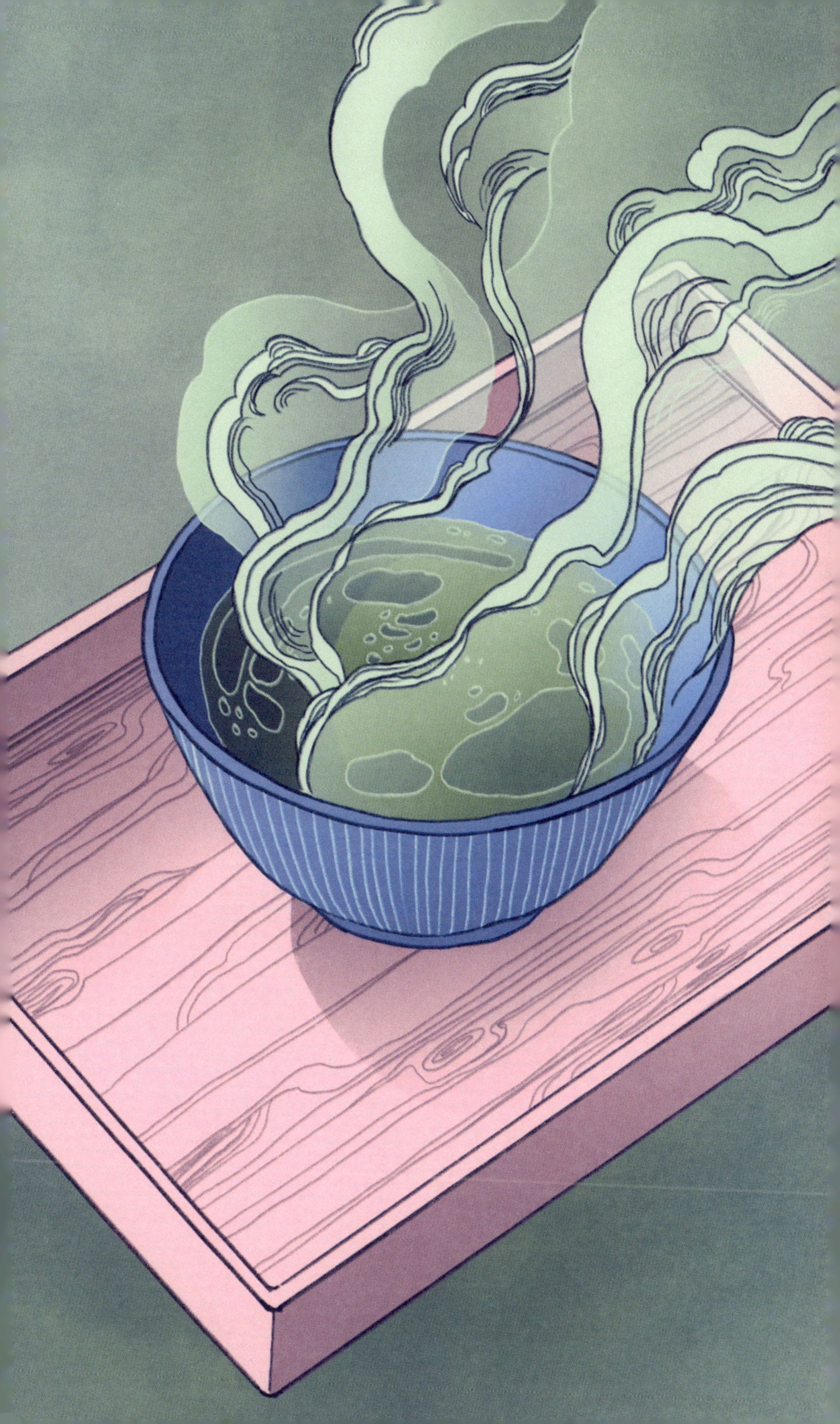

Galateia

* * *

Eu queria rolar na grama feito um cachorro, mas supostamente estava grávida e sofrendo, então fui mancando, como se cada pedaço do meu corpo fosse se quebrar. Ela me trouxe o chá, e eu o segurei, dando golinhos.

Ela disse:

— Me avise quando as cólicas começarem.

Deixei a terra escorrer por entre os dedos. Estava escuro, e havia apenas uma lua minguante, que interpretei como um sinal de que, se a deusa existia, estava sorrindo para mim. Eu disse:

— Acho que estou sentindo alguma coisa.

— Que bom — disse ela. Estávamos no jardim, nos fundos da casa, longe do mar.

— Estou sentindo alguma coisa — eu disse.

— Que bom — disse ela.

Então me dobrei ao meio, gritando. Caí no chão e gritei outra vez. Ela hesitou, com medo de me tocar.

— Está doendo! Chame o médico!

Ela estava tremendo, e senti um pouco de pena, mas nem tanto.

— O médico, sim. Eu vou buscá-lo. Só espere um pouco, a casa dele não é longe.

Assim que ela foi embora, saí correndo. Não estava preocupada que ela me alcançasse. Ela tinha agilidade nos dedos, mas não era rápida. Sorri e escapei pela estrada em direção à cidade.

Não tentei abrir a porta da casa — sabia que estaria trancada. Mas havia uma árvore nos fundos, uma oliveira, que Pafos costumava implorar que eu escalasse com ela. Chutei as sandálias de lado e subi nos galhos cinzentos e mornos. Alcancei a janela do quarto dela e dei um impulso para dentro.

Eu havia pensado nisso o dia todo, se iria acordá-la ou não. Mas, ao vê-la dormindo, não fui capaz. Era uma criança, só dez anos, e isso

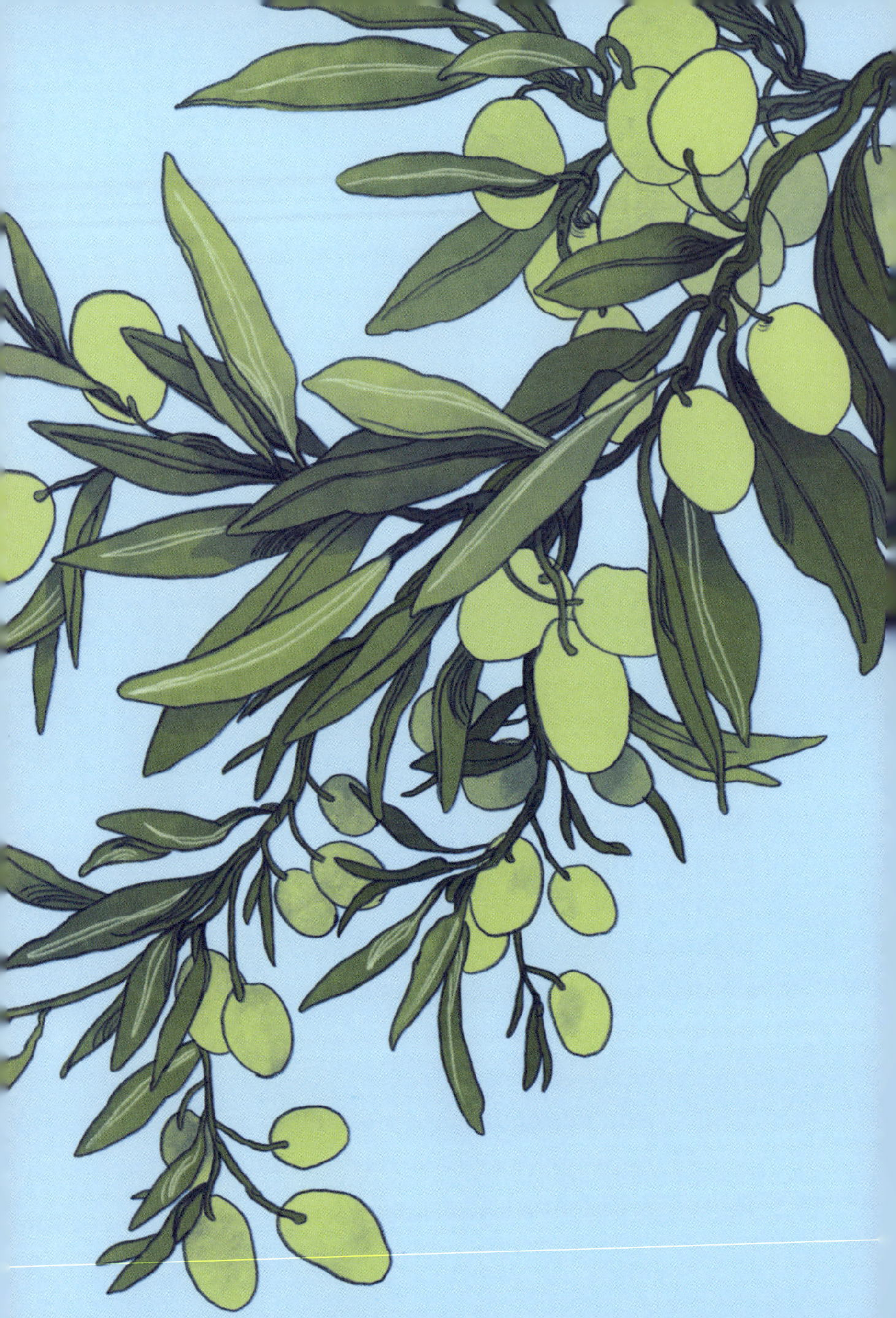

a deixaria assustada. Então busquei o pote de areia que ela guardava porque tinha cheiro de mar e derramei um pouco no chão. P-a-f-o-s, soletrei. Teria dito mais coisas, mas isso era praticamente tudo que eu sabia.

Saí de fininho do quarto dela e fui até a porta da frente, que estava fechada com o trinco. Não precisava ter pressa, porque ninguém procuraria por mim ali; eu já não tinha fugido dele antes? Soltei o trinco e deixei a porta entreaberta.

O ateliê do meu marido ficava na ala mais distante, onde a luz era melhor. Fiquei do lado de fora da porta e, ainda que não sentisse mais o cansaço da corrida, minha respiração estava acelerada. A casa estava muito silenciosa ao meu redor. Não havia empregados com que me preocupar – meu marido não gostava que eles dormissem na casa.

Empurrei a porta e vi a garota, brilhando no centro do cômodo. *Pedra*, eu disse a mim mesma, porque estava um pouco trêmula. *Ela é de pedra e não vai acordar.*

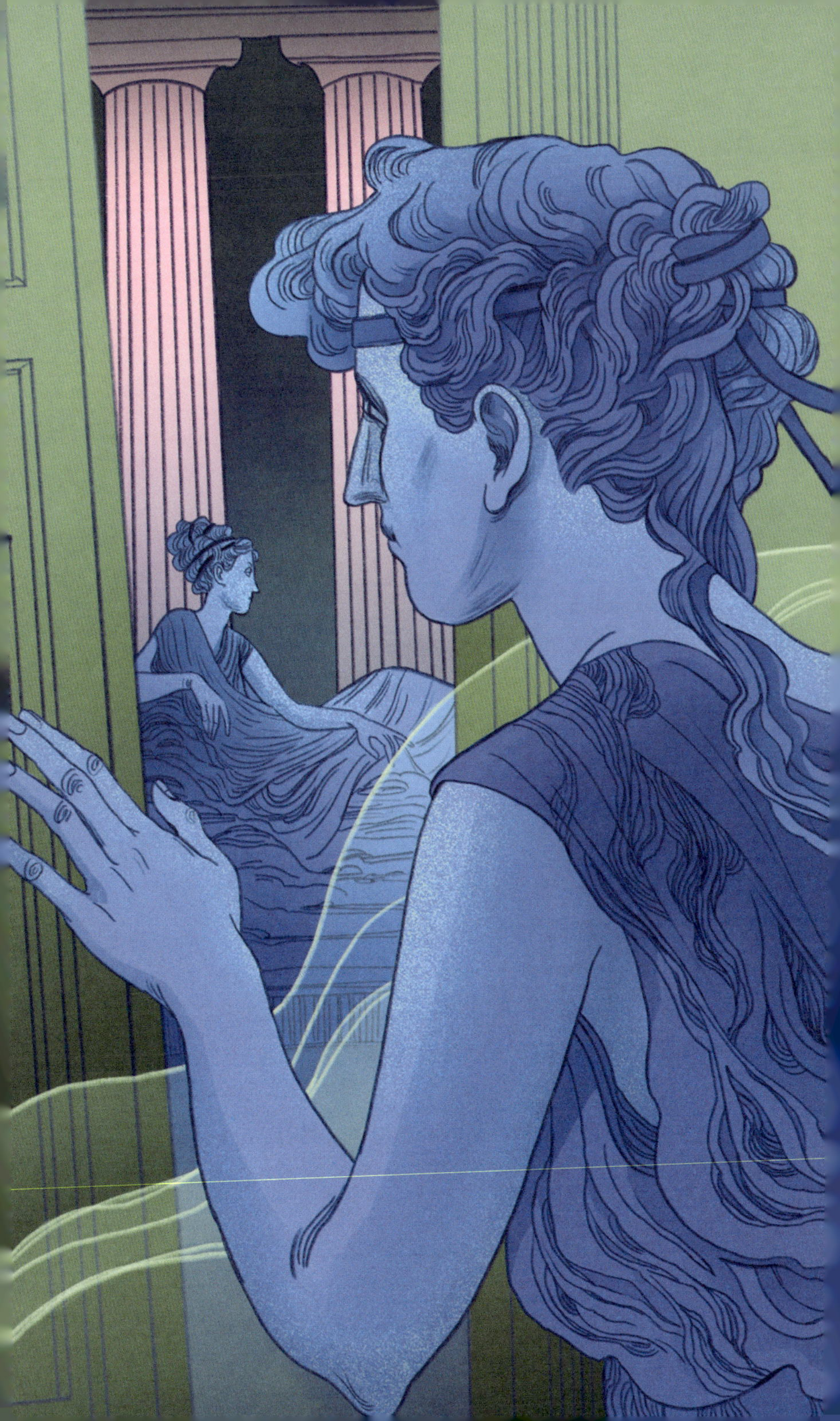

Cheguei mais perto e vi seu rosto. Era pálido e perolado, a boca um arco suave. Seus olhos estavam fechados, e ela estava enrolada sobre um sofá de pedra. Parecia mais jovem do que Pafos, por ser tão pequena. Era a perfeição, cada centímetro dela, das doces ondas de suas fitas até as sandálias pintadas de dourado. Não tinha cascas de ferida, nem areia debaixo das unhas. Não corria atrás das cabras e não desobedecia. Dava quase para ver as bochechas rosadas.

Ela estava envolta em sedas, que caíam como mantas, e eu as removi. No pulso, havia um bracelete de flores, que tirei. Dei-lhe um beijo na testa e sussurrei:

— Filha, sinto muito.

Fui até o quarto do meu marido e fiquei parada na porta. Ele estava largado na cama, embolado.

— Oh, meu belo está adormecido — falei.

Meu marido abriu os olhos e me viu. Virei e saí correndo. Ouvi um barulho quando ele tropeçou no banquinho que eu havia deixado para ele no corredor, mas logo ele estava de pé outra vez, quase na escada. Fugi pela porta da frente até a estrada, com os passos dele vindo atrás de mim. Ele não gritou, porque não queria desperdiçar o fôlego; havia apenas o silêncio da noite e nós dois correndo pelas ruas. Meus pulmões doíam um pouco, mas não me importei, porque logo não precisaria mais deles.

A estrada cortava a cidade e descia em direção ao mar. Eu estava lenta e gorda depois de um ano deitada na cama, mas ele nunca tinha gostado de exercícios e também estava gordo e lento. A terra deu lugar à areia, fria e grossa sob meus pés, e depois cheguei às pedrinhas, que nunca tinham me machucado, e então, por fim, às ondas. Lancei-me dentro delas, lutando contra a arrebentação até o mar aberto. Um instante depois, ouvi o barulho da água espirrando quando ele me seguiu.

Água não era o meu elemento. Ela pesava minhas roupas enquanto eu nadava. *Um pouco mais longe*, eu dizia a mim mesma.

Conseguia escutá-lo se aproximando, os braços mais fortes que os meus devido a uma vida inteira carregando mármore. Senti a água agitada perto do meu pé, onde ele havia tentado, e quase conseguido, me pegar. Olhei para trás e vi quão perto ele estava e quão longe estava a costa lá atrás. Foi quando a mão dele agarrou meu tornozelo e deu um puxão, trazendo-me para ele como uma corda, movendo as mãos uma após a outra, e então ele me segurou pelo pescoço, seu rosto grudado no meu.

Acho que ele esperava que eu fosse lutar e espernear. Não lutei. Enlacei-o bem firme pela cintura, segurando meus pulsos para que ele não conseguisse se soltar. O peso repentino puxou nós dois para baixo. Ele chutou e se debateu para voltar à superfície, mas eu era mais pesada do que ele imaginava, e as ondas batiam contra nossas bocas. *Agora deixe acontecer*, rezei.

A princípio pensei que fosse apenas a friagem da água. Foi subindo pelos meus dedos

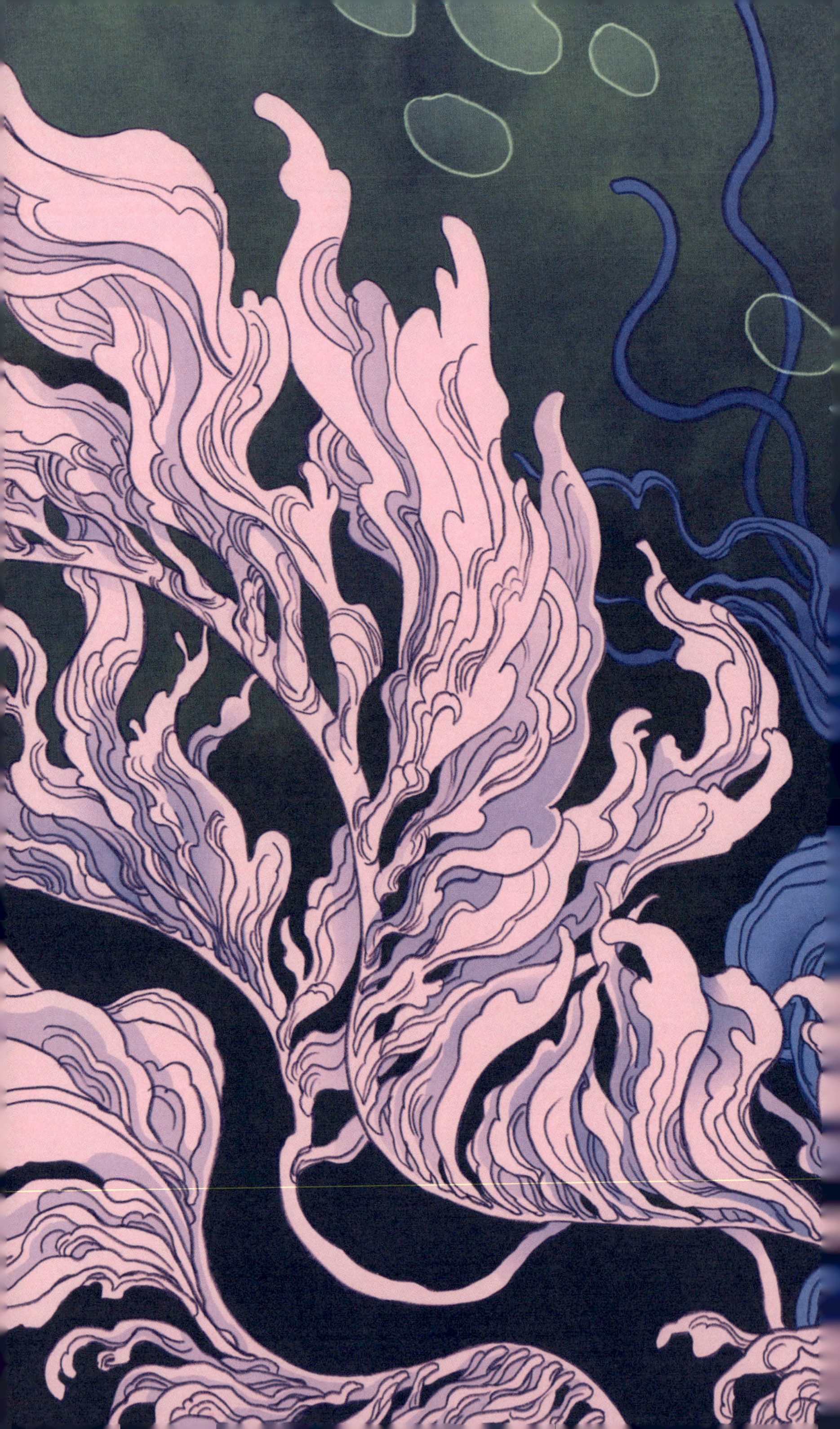

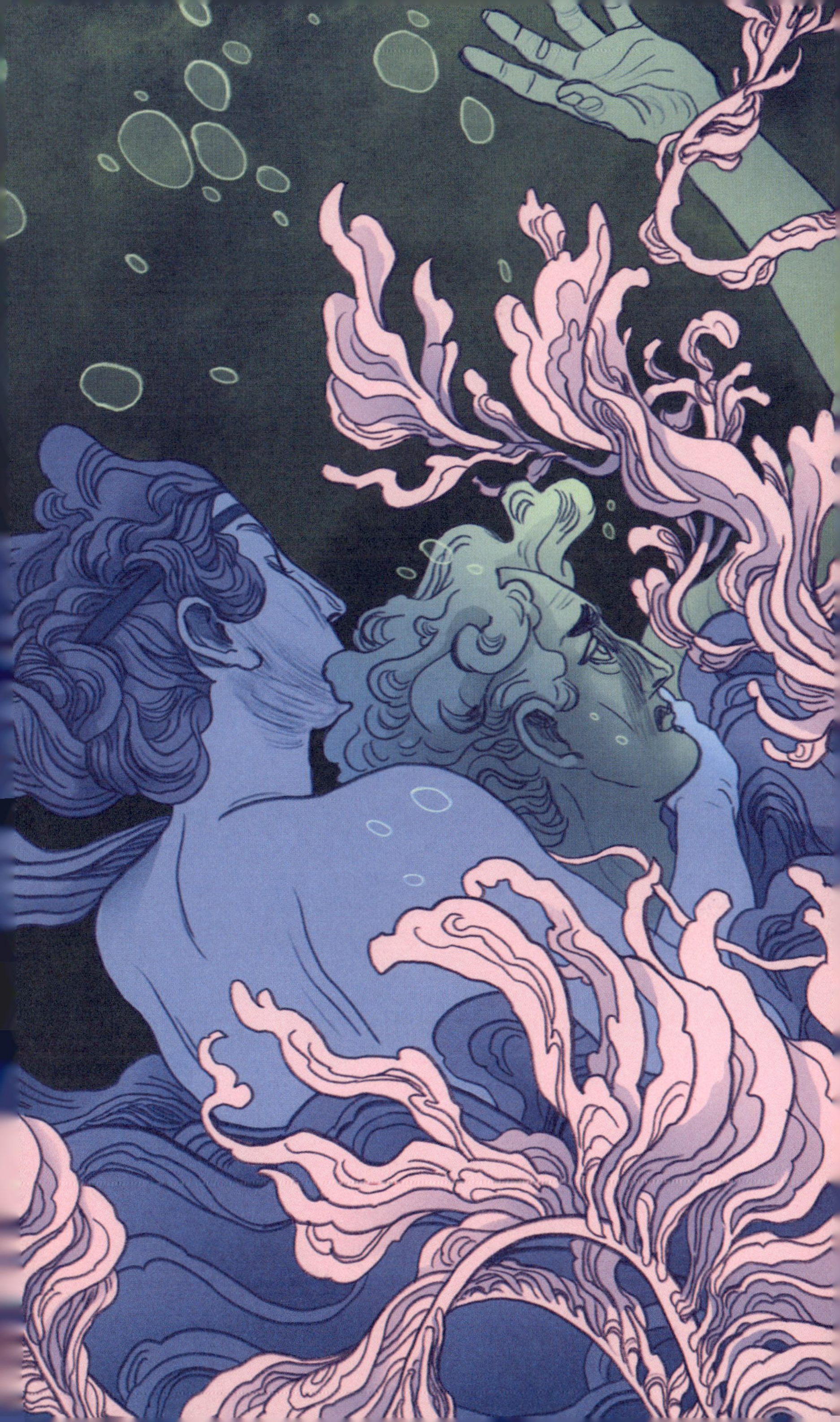

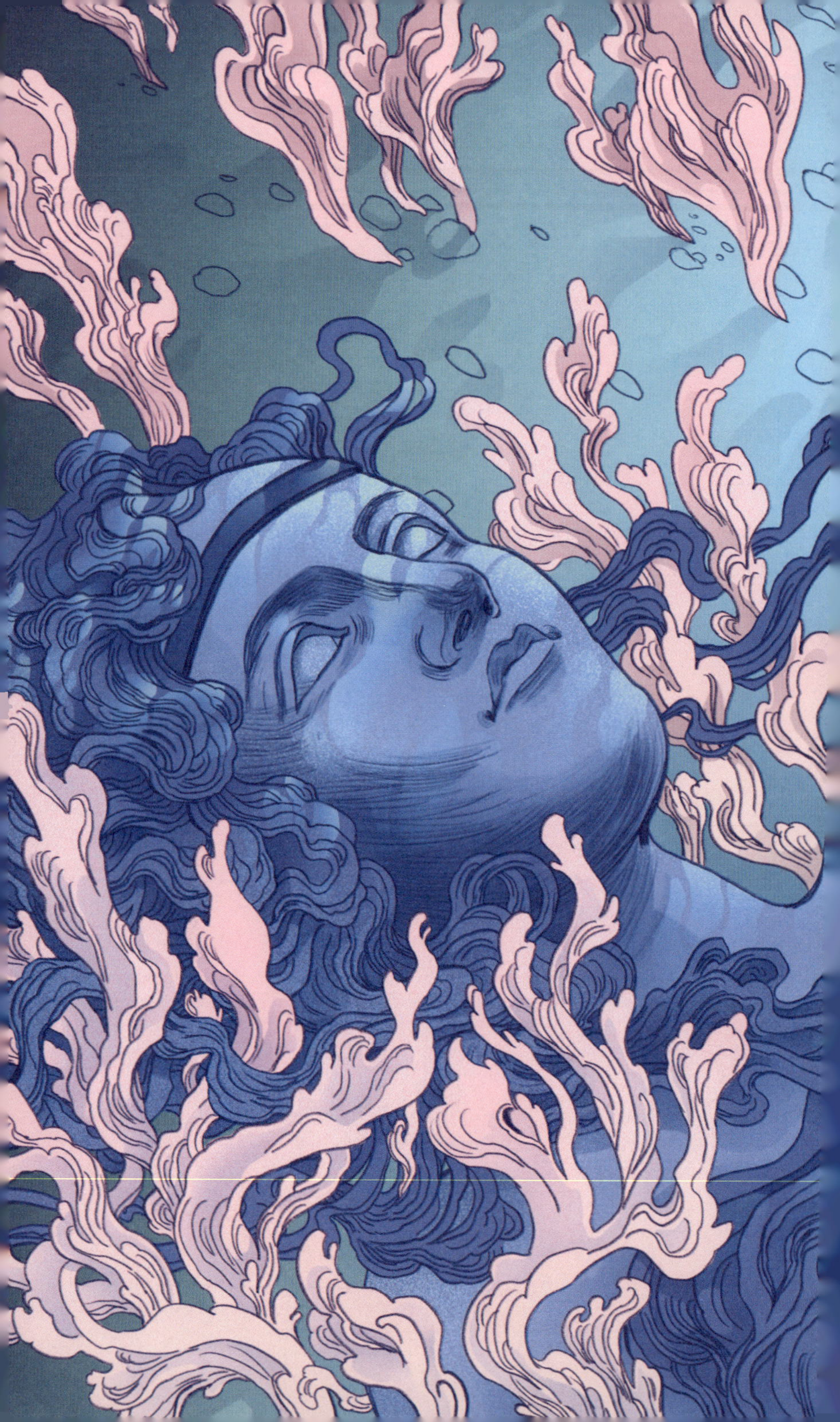

e braços, que enrijeceram ao redor dele. Ele lutou e se esforçou, mas minhas mãos unidas tinham se fundido, e nada que ele tentasse fazer podia quebrá-las. Em seguida, foram minhas pernas, e a barriga e o peito, e não importava o quanto ele chutasse, não conseguia nos levar de volta para o ar lá em cima. Ele me bateu, mas seu ataque era fraco e líquido, e não senti nada, apenas o círculo sólido dos meus braços e o peso implacável do meu corpo.

Ele não tinha chance. Não passava de carne. Caímos pela escuridão, e o frio deslizou pelo meu pescoço e eliminou a cor dos meus lábios e bochechas. Pensei em Pafos e em como era esperta. Pensei em sua irmã de pedra, em paz no sofá. Mergulhamos pela corrente, e pensei em como os crustáceos viriam atrás dele, subindo em meus ombros pálidos. O fundo do oceano era arenoso e macio como uma almofada. Acomodei-me sobre ele e adormeci.

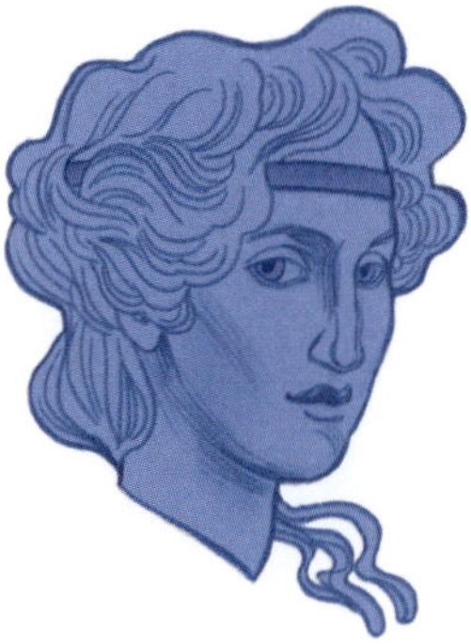

PIGMALIÃO

Ovídio

Porque as havia visto levar a vida
   entregues ao crime,
ofendido pelos vícios que a natureza deu
   em abundância
à alma feminina, Pigmalião vivia celibatário,
   sem esposa,
e há muito não tinha companheira em seu leito.
Esculpiu, então, talentosamente e com
   admirável arte,
uma estátua de níveo marfim e emprestou-lhe
   uma beleza
com que mulher alguma pode nascer.
   E enamorou-se da sua obra.
O rosto é de autêntica donzela, que se
   poderia julgar

Galateia

que vive e, se o respeito não se constituísse
    em óbice,
que quer mover-se, a tal ponto a arte se
    esconde na sua arte.
Pigmalião olha-a com espanto e haure
    em seu peito
as chamas de um corpo fingido.
    Muitas vezes aproxima
a mão para tocar sua obra, saber se aquilo
    é um corpo
ou se é marfim, e não reconhece que ainda
    é marfim.
Beija-a e julga que os beijos são retribuídos.
    Fala-lhe, agarra-a,
e crê que os dedos se afundam nos membros
    que tocam,
e receia que os membros agarrados se
    manchem de negro.
Ora usa de carícias, ora lhe oferta presentes
de que as donzelas gostam – conchas,
    pedrinhas polidas,

pequeninas aves, flores de mil cores e lírios,
  esferas pintadas[1]
e lágrimas caídas da árvore das Helíades.[2]
  Também lhe recobre
de vestidos o corpo. Adorna-lhe os dedos
  com joias,
enfeita-lhe o pescoço com longos colares,
  nas orelhas,
elegantes pérolas, pendem-lhe do peito
  cordões. Tudo nela fica bem.
E nua não parece menos bela. Deita-a num
  leito recoberto
de púrpura, chama-lhe esposa e, inclinando-lhe
  o pescoço,
reclina-a em suaves penas, como se as sentisse.

* * *

---

1. Destinadas ao jogo.
2. Helíades são as filhas do Sol e Clímene. Transformadas em choupos nas margens do rio Erídano quando choravam a sorte de seu irmão Faetonte, as suas lágrimas deram origem às gotas do âmbar.

Galateia

Havia chegado o dia das festividades
    de Vênus, o mais celebrado
em toda a ilha de Chipre. Atingidas em sua
    nívea cerviz, haviam sido
imoladas novilhas de recurvos chifres
    dourados, o incenso exalava-se
no ar quando, tendo-se desempenhado do
    dever da oferenda,
se deteve diante do altar e, timidamente:
    'Se tudo podeis conceder,
ó deuses, desejo que seja minha esposa...'.
    Não ousando dizer
a donzela de marfim, Pigmalião disse:
    '... uma igual à de marfim'.
Dado que a dourada Vênus assistia em pessoa
    às festividades
em sua honra, percebeu o que pretendiam
    aqueles votos
e, como presságio de divindade amiga,
    por três vezes se acendeu
a chama e elevou às alturas a língua de fogo.
    Ao voltar, Pigmalião

Madeline Miller

dirigiu-se à estátua da sua amada
    e, reclinando-se no leito, beijou-a.
Pareceu-lhe estar quente. Aproxima outra
    vez a boca e, com as mãos,
toca-lhe o peito também. Ao ser tocado,
    o marfim torna-se mole
e, perdendo a dureza sob os dedos, cede-lhes,
    como a cera do Himeto
amolece ao sol e, manuseada pelo polegar,
    se molda em formas diversas
e se torna útil pelo mesmo uso. Enquanto fica
    espantado
e se alegra de modo duvidoso e receia
    enganar-se,
de novo enamorado, toca outra vez com a mão
    o seu desejo.
Era um corpo. As veias palpitam sob o polegar.
Então, o herói de Pafo pronunciou palavras
    plenas de eloquência
com que deu graças a Vênus. Por fim, beijou
    com sua boca
uma boca não fingida. A donzela sentiu os beijos

Galateia

que lhe eram dados e corou. E, erguendo seu
    tímido olhar
para os olhos dele, de par com o céu viu o seu
    enamorado.
A deusa assistiu à boda, que organizou.
    E depois de os cornos
da Lua se unirem por nove vezes em
    círculo completo,
aquela gerou Pafo, de quem a ilha tirou
    o nome.

Ovídio. *Metamorfoses*. Tradução de Domingos Lucas Dias. São Paulo: Editora 34, 2017.

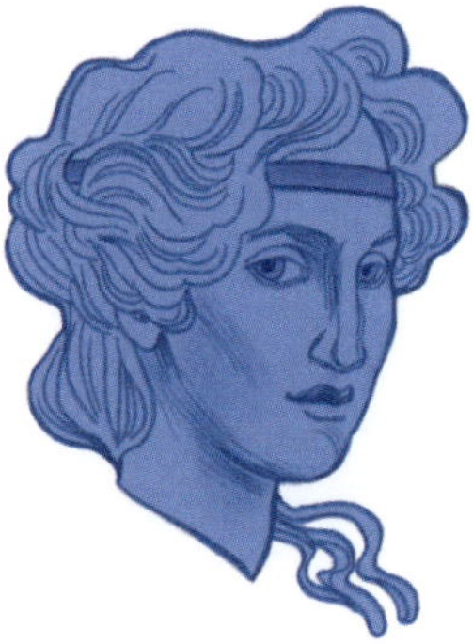

POSFÁCIO

Madeline Miller

Cara pessoa leitora deste livro,

Galateia é um pequeno mimo, mas nem por isso uma obra menos querida para mim. Assim como seus irmãos maiores, *A canção de Aquiles* e *Circe*, a inspiração para *Galateia* foi a mitologia grega, embora o método e a emoção aqui empregados tenham sido distintos. Em *Circe* e *Aquiles*, compilei diversas tradições em referências cruzadas de múltiplas fontes. *Galateia* foi, quase exclusivamente, derivada da versão de Ovídio para o mito de Pigmalião em *Metamorfoses*.

Galateia

Segundo Ovídio, a história é mais ou menos assim: o escultor Pigmalião fica horrorizado com as prostitutas, as quais condena como "obscenas" e "desavergonhadas". Sua repulsa é tão grande que ele passa a desprezar qualquer companhia feminina e resolve talhar uma mulher de marfim. A estátua fica mais perfeita do que uma mulher de verdade jamais poderia ser, e ele se apaixona por ela. Ovídio faz longas descrições de Pigmalião acariciando o corpo da estátua, beijando-a, afagando-a com seus dedos. Por fim, ele dedica uma prece à deusa Vênus, que faz a mulher de marfim ganhar vida. Pigmalião a envolve em seus braços, e a mulher, ao sentir seus beijos, fica toda ruborizada (contrastando com as prostitutas do começo da história, incapazes de enrubescer). Os dois se casam e geram uma criança. Em teoria, vivem felizes para sempre.

O Pigmalião de Ovídio tem uma rica história de adaptações em música, dança, poesia, cinema e literatura. As poetas Carol Ann Duffy e H.D. responderam a ele, assim como George

Madeline Miller

Bernard Shaw, cuja peça *Pigmalião* foi a base para o filme *Minha bela dama* [*My Fair Lady*]. Como boa parte das obras de Ovídio, a trama em si tem um quê de imprecisão. A começar pelo fato de ser uma história dentro de outra, contada por um amargo e enlutado Orfeu. Muitos enxergaram a narrativa como romance: diversos filmes de transformações, como *Uma linda mulher* [*Pretty Woman*], fazem claras referências a ela. Já outros a viram como metáfora para o apaixonamento de artistas por sua arte. Outros ainda (e eu me incluo nesse grupo) sentiram incômodo com as implicações profundamente misóginas da história. O final feliz de Pigmalião só é feliz se você aceitar uma boa dose de ideias repulsivas: a noção de que uma mulher boa é aquela desprovida de qualquer identidade para além da função de servir a um homem, a fetichização da pureza sexual feminina, a associação do marfim "branco como a neve" com a perfeição, a primazia da fantasia masculina sobre a realidade feminina. Galateia não profere uma única palavra na

Galateia

versão de Ovídio. E ainda mais alarmante: ela não recebe um nome (esse foi um dos poucos detalhes que peguei de outras fontes). É chamada apenas de *a mulher*. Um complacente objeto de desejo e nada mais.

Galateia irrompeu enquanto eu estava trabalhando em *Circe*. Apesar de as duas mulheres serem diferentes em muitos aspectos, ambas as histórias são centradas em transformações, na busca pela liberdade individual em um mundo que lhes nega isso. A voz de Galateia me veio a altas horas certa noite, como um raio. Eu estava tentando pegar no sono quando a personagem e as primeiras frases surgiram completas na minha mente. Pulei da cama e comecei a digitar.

Desde o começo, eu sabia que *Galateia* não se situava no mesmo mundo estritamente mitológico de *Circe* e *A canção de Aquiles*. Ela exigia um mundo próprio, e para criá-lo busquei inspiração em muitos trabalhos da literatura feminista, assim como o próprio Ovídio também apreciava a ruptura de fronteiras e a mistura de gêneros. A partir daí, a personagem continuou a crescer — eu amei sua naturalidade surpreendente, a astúcia e a coragem, a complexidade, a capacidade de se manter sã e ainda dar amor à filha.

Quanto a Pigmalião, aceitei-o exatamente como Ovídio o retratou. O termo *"incel"*, os celibatários involuntários, não estava em ampla circulação quando escrevi este livro, mas Pigmalião certamente é um protótipo. Durante milênios existiram homens reagindo com horror e repulsa à independência da mulher, homens que desejam mulheres na mesma medida que as odeiam e que se refugiam em fantasias de pureza e controle. Como seria ter um homem desses como marido? Muita gente hoje em dia poderia responder a essa pergunta. Mas essa é a marca de um bom mito de origem: um oceano tão vasto que se estende através dos séculos.

Espero que você goste do mergulho.

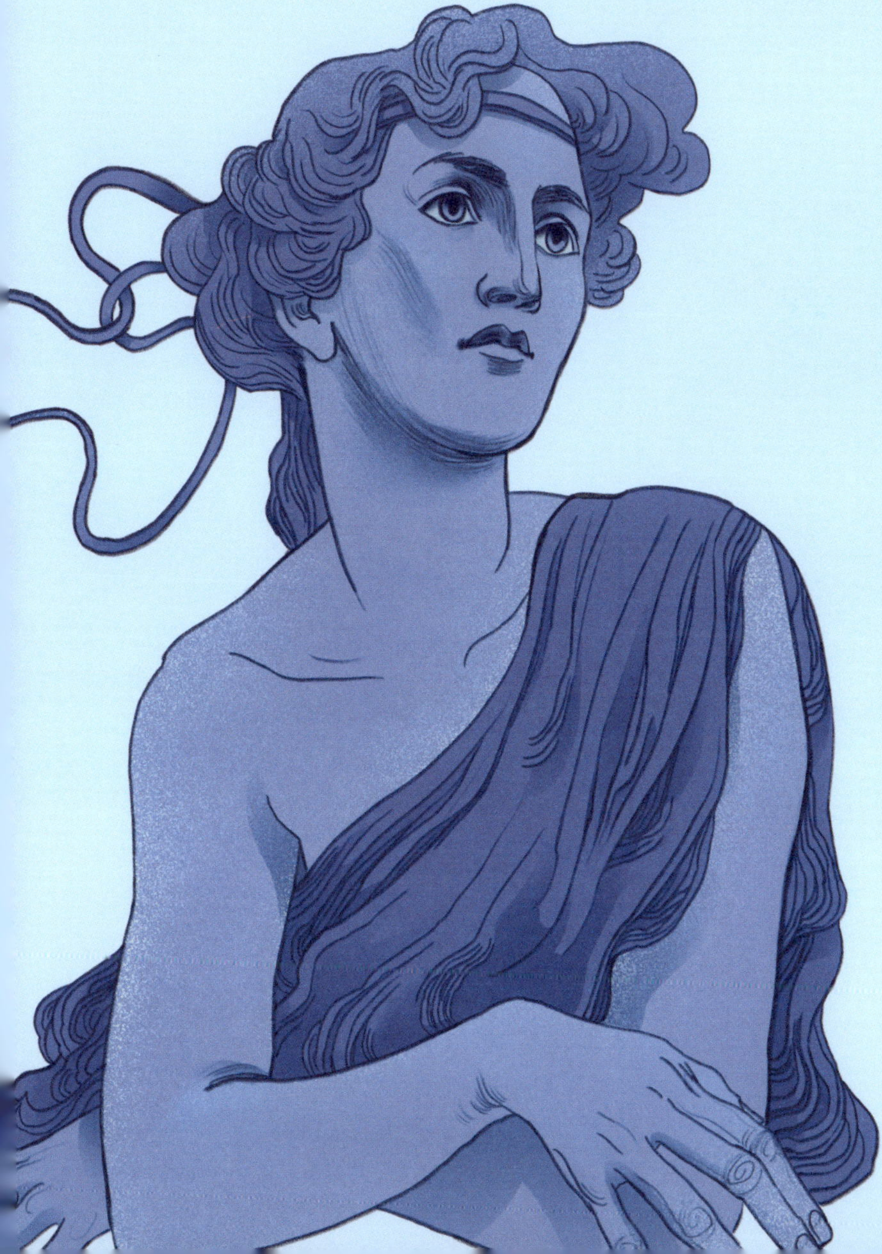

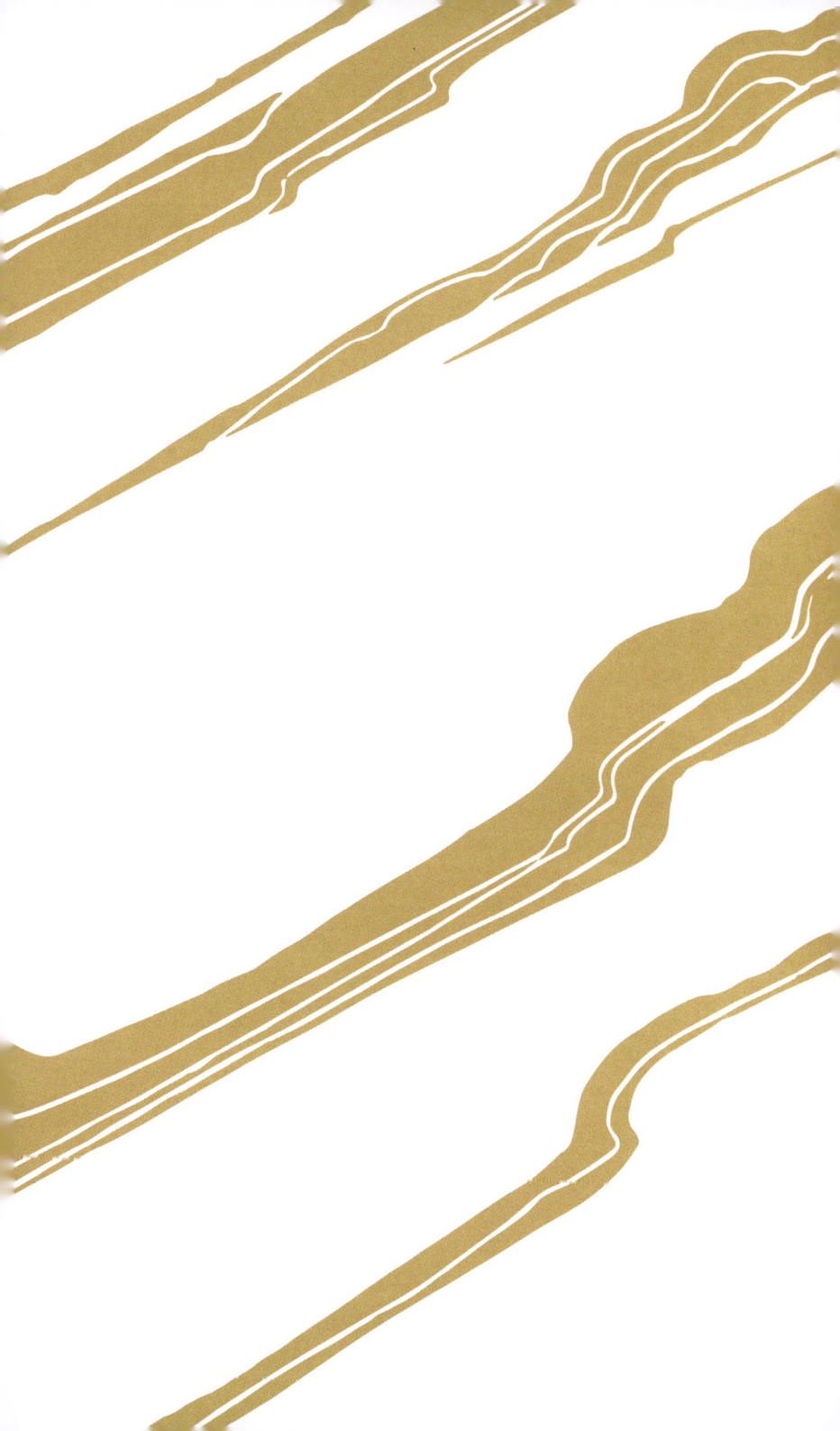

LEIA TAMBÉM

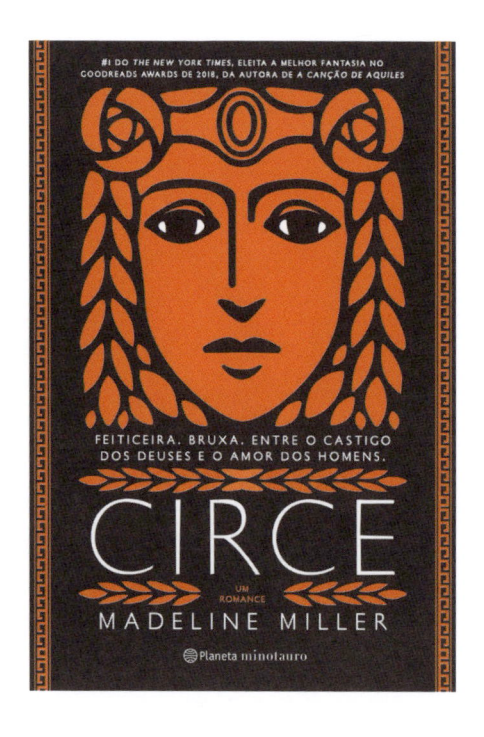

Uma releitura corajosa e atual da trajetória de Circe, a poderosa — e incompreendida — feiticeira da Odisseia *de Homero.*

Personagens vívidos e extremamente cativantes, aliados a uma linguagem fascinante e um suspense de tirar o fôlego, fazem de *Circe* um triunfo da ficção, um épico repleto de dramas familiares, intrigas palacianas, amor e perda. Acima de tudo, é uma celebração da força indomável de uma mulher em meio a um mundo comandado pelos homens.

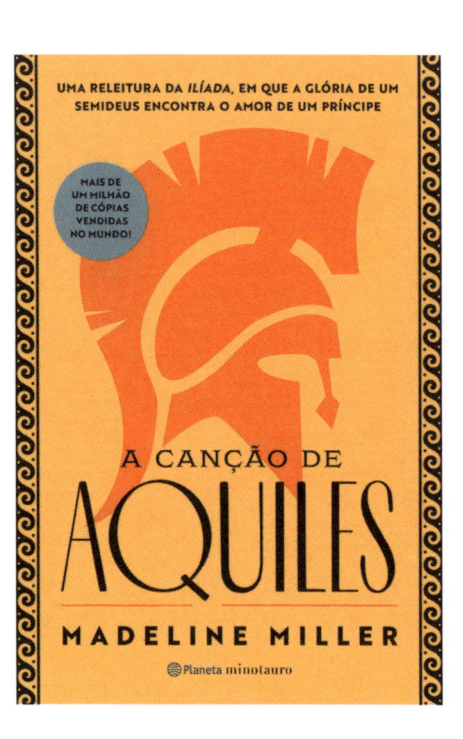

UMA RELEITURA DA *ILÍADA*, EM QUE A GLÓRIA DE UM
SEMIDEUS ENCONTRA O AMOR DE UM PRÍNCIPE

MAIS DE
UM MILHÃO
DE CÓPIAS
VENDIDAS
NO MUNDO!

A CANÇÃO DE
AQUILES

MADELINE MILLER

Planeta minotauro

Quando a glória de um semideus encontra o amor de um príncipe. Sucesso internacional, com mais de um milhão de cópias vendidas, em nova edição!

Baseada na *Ilíada* de Homero, *A canção de Aquiles* já encantou centenas de milhares de leitores ao redor do mundo. É uma história sobre o poder do amor e a força do destino, mas também das grandes batalhas entre deuses e reis, de paz e glória, de fama eterna e dos segredos do coração humano.

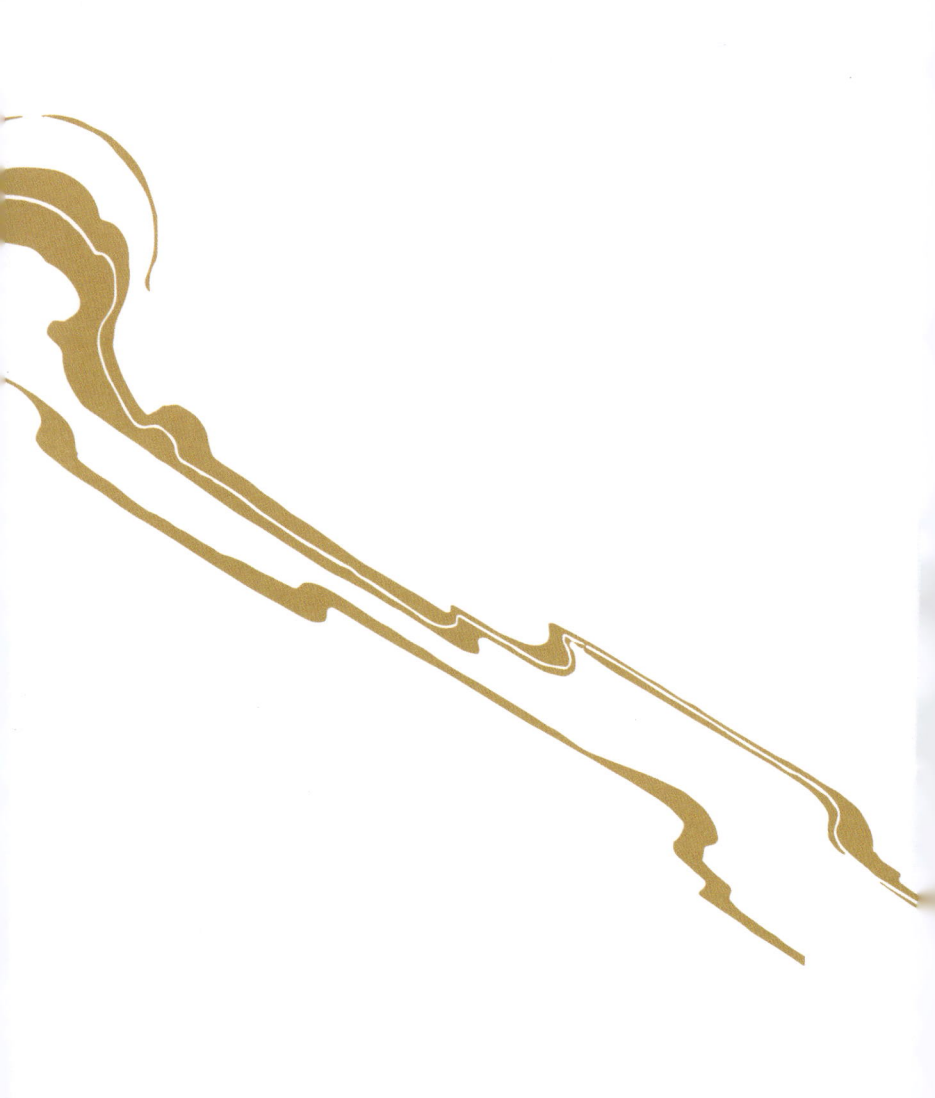

**Acreditamos
nos livros**

Este livro foi composto em Filosofia e
impresso pela Gráfica Santa Marta para a
Editora Planeta do Brasil em junho de 2022.